STANCES

LES VICTOIRES

DE NAPOLÉON.

Y+

STANCES,

SUR

LES VICTOIRES

DE NAPOLÉON.

A PARIS.

De l'Imprimerie de ORIZET et BEURY, rue Macon
N°. 18

An XIII. (1804.)

ÉPITRE.

Je crois que sans témérité
Un vieux soldat qui le révère,
Sous les lois de sa Majesté,
Aux Germains ayant fait la guerre;
Témoin de ses vaillans exploits,
Par-tout admirant son courage,
Peut animer sa faible voix,
Et chanter ici son ouvrage.
Sans talens, guidé par son zèle,
Il ne consulte que son cœur;
Pour peindre un aussi beau modèle,
Son pinceau manque de couleur:
Il faudrait la Lyre d'Horace,
De Pindare, ou d'Anacréon,
Pour célébrer, sur le Parnasse,
Les Vertus de NAPOLÉON.

Mais sans être doué du génie
Qn'on admire dans ces Auteurs,
Un vieux guerrier a la manie
De chanter les triomphateurs ;
Il fait comme on faisait à Rome :
Un Général étant vainqueur,
Tous les soldats de ce grand homme,
Chantaient des airs en son honneur.
Il attend tout de sa clémence ;
Il espère que sa bonté,
Fera grace au peu d'éloquence,
En faveur de la vérité.

DE BAUDOUIN,

Lieutenant au Ier Régiment des Cuirassiers,
et Membre de la LÉGION d'HONNEUR.

STANCES

SUR

LES VICTOIRES

DE NAPOLÉON.

Je peins le héros dont la gloire
Fait des Français le vrai bonheur,
Qui sait enchaîner la victoire
Dans les combats, par sa valeur.
Il apprend aux rois de la terre
Comment ils doivent gouverner;
Par-tout éloignant la misère,
Et par-tout se faisant aimer.

Dans les campagnes d'Italie,
Il vient guider nos premiers pas ;
On le voit , exposant sa vie ,
Donner l'exemple à ses soldats.
Il emporte les barricades ,
Il culbute les ennemis ;
Par ses brûlantes canonnades ,
Tortonne et Démont sont soumis.

Toujours constante, la fortune
A sa valeur donne la main ;
Avant le coucher de la lune
BONAPARTE arrive à Turin.
Déjà sa haute renommée
A percé le palais des rois ,
Le monarque tête baissée ,
Se présente , et reçoit ses lois.

La paix ! et je te la propose ,
Dit cet invincible guerrier ;
Je défends une juste cause,
Et te présente l'Olivier.
Par une atrocité barbare ,
Si tu refu se ce bienfait ;

Bientôt les monstres du Ténare
Te puniront de ce forfait.

Ainsi l'on voit dans sa carrière,
L'astre qui fait briller le jour,
Partager sa douce lumière
Aux champs du pauvre et de la cour,
Tel on a vu , dès sa jeunesse,
Le héros que je chante ici,
Aux rois inspirer la sagesse,
Et des sujets être l'appui.

Bientôt dans l'antique Pavie,
Entre le Maître du Thésin ;
Par lui la riche Lombardie
Voit briser un sceptre d'airain ;
Sur la plaine de Castiglione,
Rassemblant son peu de guerriers,
Il commande, le canon tonne,
Il cueille de nouveaux lauriers.

L'ennemi, quoiqu'en plus grand nombre
S'éloigne, et s'enfuit à grands pas ;
Alvinsi va pleurer dans l'ombre
La perte de tant de soldats :

B

Dans son humiliante retraîte

Wurmeser veut le secourir ;

Pour éviter une défaite,

Lui-même est obligé de fuir.

NAPOLEON , infatigable ,

Médite de nouveaux exploits,

Et par un courage admirable

Pénètre dans tous les endroits :

Bientôt Milan, Lodi , Crémone ,

Sont soumis au pouvoir Français ;

Lignague est pris , Pizzichitone

Couronne ses brillans succès.

Aussi vîte que la parole,

Le commandement est suivi,

Et déjà le vainqueur d'Arcole

Se rend maître de Rivoli ;

D'Alvinsi l'armée est détruite,

Ses soldats errent çà et là ,

BONAPARTE à la Favorite

Arrête , et défait Provera.

En vain la superbe Mantoue
Oppose ses triples remparts ;
Il entre , on traîne dans la boue
L'aigle terrible des Césars.
Marchant de conquête en conquête ,
Il poursuit le fier Autrichien ;
Malheur à qui veut tenir tête ,
A l'instant même il n'est plus rien.

Tandis que la France le loue ,
Pour accomplir ses grands desseins ,
Vicence, Véronne , Padoue
Mettent leur sort entre ses mains.
Là , dans sa profonde sagesse ,
Il prévient les moindres besoins ,
Et ses guerriers de la détresse
Sont tous préservés par ses soins.

Déjà dans l'enceinte de Vienne ,
On s'attend à le recevoir ,
Et chaque cohorte Autrichienne
Va succomber sous son pouvoir ;
Mais CHARLES , qui vient à paraître ,
Sans pourtant retarder ses pas ,

Veut encore, au nom de son maître;
Engager de nouveaux combats.

Guerrier vaillant, mais jeune encore,
Ce prince ne se doutait pas,
Qu'avant le lever de l'aurore,
Il serait vaincu par son bras.
Après une telle expérience
L'Autriche devait s'arrêter,
Soumise au sauveur de la France,
Qui sait tout vaincre et pardonner.

Charles pour dernière ressource,
En voyant s'accroître ses maux,
Prétend s'opposer à sa course,
Au moyen de quelques Canaux;
Mais hélas! quelle est sa surprise,
BONAPARTE a franchi les bords,
Et de Charles, dans cette crise,
Paralisé tous les efforts.

De Codroïpe et Valvazone,
Les habitans sont consternés;
Charles s'enfuit, et l'airain tonne,

Au désespoir ils sont livrés :
Du héros l'ame généreuse,
Met le comble à tant de hauts faits ;
Cette peuplade malheureuse
Est couverte de ses bienfaits.

Vaincu, confus, l'âme inquiète,
Charles rassemble ses soldats ;
Et, longeant le port de Trieste,
Espère échapper au trépas.
Il va d'une course rapide,
Porter sa honte en d'autres lieux ;
Enfin sur l'élément liquide,
Charles disparaît à nos yeux.

Tandis que l'Univers admire
Et ses travaux et sa valeur,
BONAPARTE, au sein de l'Empire,
Dicte des lois à l'Empereur.
Il faut à peine une journée,
Et Vienne tombe sous ses coups ;
Mais une trêve proposée,
Arrête et fléchit son courroux.

Au monarque , dont l'arrogance ;
Tant de fois a bravé son nom ;
Il accorde sa bienveillance ,
Et lui remet son horizon.
En conservant ce vaste empire ,
Prix des plus étonnans succès ,
NAPOLÉON aurait pu dire :
FRANÇOIS est un de mes sujets.

Maître absolu de l'Italie ,
Le Milanais bénit son nom ;
Des Français dans la Romanie ,
On voit flotter le pavillon ;
Sur les bords de l'Adriatique ,
Tout est soumis par ses exploits ,
Et Naples , cette ville antique ,
Cède à la valeur des Gaulois.

Couvert d'une gloire immortelle ;
Il termine d'affreux combats ,
Et de sa bonté paternelle ,
Il investit tous ses soldats ;
Mais c'est trop peu de l'Italie ;
La France a de plus grands projets ,

Bonaparte, dans l'Arabie,
Conduit les étendards français.

Oui, c'est ici que je t'accuse,
Cruel sort tu fis mon malheur !
Je demande et tu me refuse
D'accompagner ce grand vainqueur.
Le héros qui soumit l'Egypte
M'aurait conduit dans ces endroits ;
Ici ma muse est interdite,
Comment peindrai-je ses exploits ?

Apprends-moi donc, ô Renommée !
Par combien de talens divers,
De l'Egypte encore étonnée,
.Napoléon brisa les fers.
Comment, dans ce climat aride,
Marchant sur des sables brûlans,
Privé de tout secours liquide,
A-t-il vaincu les Otthomans

Bravant la tempête et l'orage,
Bonaparte va sur les eaux,
De son héroïque courage,

Donner des prodiges nouveaux :
Par lui bientôt Malte conquise,
Vient ajouter à ses lauriers,
Mettant à ses pieds la devise
De ses plus vaillans chevaliers.

Neptune, qui gouverne l'onde,
A réglé tous ses mouvemens ;
Pour le conduire au bout du monde,
Éole a disposé les vents :
Des vaisseaux la voile est gonflée,
Et sans aucun inconvénient,
Suivant sa haute destinée,
Bonaparte arrive en Orient.

Il prend Aboukir et Damiette,
Vers le Caire il marche à grands pas ;
Son ame que rien n'inquiète,
Electrise tous ses soldats :
Soudain dispersant les cohortes
De nos féroces ennemis,
Les villes ont ouvert leurs portes,
Et les habitans sont soumis.

Par-tout il veut que l'on respecte
Le culte et les propriétés :
Il ordonne qu'on soit modeste
Dans les plus hautes dignités ;
Il établit un équilibre :
Chacun fournit son contingent ;
En tous lieux on se plait à suivre
Bonaparte et son réglement.

Déjà l'Égypte rassurée
Par les bienfaits de son vainqueur ,
Oubliant sa douleur passée ,
Rend grace à son libérateur.
On voit succéder à l'orage
Le calme et la sécurité ,
Tant le gouvernement d'un sage
Assure la félicité.

Des habitans de l'Arabie ,
Quand tu cimente le bonheur ;
O Bonaparte ! ta patrie
Succombe au poids de son malheur.
La France, d'une voix plaintive ,

G

T'adresse son dernier soupir,
De l'Egypte quitte la rive ,
Et vole enfin la secourir.

Envain je rayonne de gloire
Par les exploits de mes guerriers ;
Envain le temple de Mémoire
Est ombragé de leurs lauriers ;
En vain sur les champs-de-batailles
J'ai terrassé mes ennemis ;
Des vampires dans mes entrailles ,
Portent la mort et les ennuis.

Hélas ! de ma douleur profonde ,
Qui pourra donc me consoler ?
Si tu ne viens d'un autre monde ,
Les bourreaux vont me déchirer.
J'ai pris le soin de ton enfance ,
BONAPARTE ! entends mes accens ,
Arme ton bras pour ma vengeance ,
Viens , rends heureux tous mes enfans.

Oui , de ton sublime génie ,
Elle attend un plus heureux sort ;

Sans toi la Gaule est asservie,
Et ne peut faire aucun effort ;
Viens, rampart sacré de la France,
Emousser les traits ennemis ;
Le ciel réserve à ta vaillance
D'écraser d'infâmes partis.

Tandis que la France allarmée
Appelle son libérateur ;
Dans une lointaine contrée,
BONAPARTE entend sa douleur :
Le héros, dont l'âme bouillante,
Conçoit, exécute un projet.
Sillonnant une onde écumante,
A Fréjus arrive en secret.

Il apprend que de l'anarchie
On a relevé le drapeau ;
Et que la superbe Italie,
Des Français devient le tombeau.
Il voit dans une léthargie,
Le gouvernement succomber ;
Il vole au sein de la patrie,
Et soudain la fait triompher.

Dans la capitale étonnée,
On sait aussitôt son retour ;
Le crime a la tête baissée ,
La vertu triomphe à son tour ;
Le scélérat penchant l'oreille ,
Voit sa perte dans ses forfaits :
Le bon citoyen se réveille
Au nom du vengeur des Français.

Bientôt la France délivrée
De ses lâches persécuteurs ,
Dans sa nouvelle destinée ,
Verra la fin de ses malheurs.
Déjà , dans sa marche hardie ,
NAPOLÉON prévoyant tout ,
Pour le bonheur de la patrie ,
Conduit le Sénat à Saint-Cloud.

Sous le voile épais du mystère ,
existe un projet important :
Sur lui d'abord on délibère ;
Il éclate dans le moment.
Des monstres qu'elle est la surprise !

Contre eux l'arrêt est prononcé ;
BONAPARTE, dans cette crise,
Commande avec sérénité.

Il pénètre au milieu du groupe
De brigands armés de poignards ;
Cette horde, devant sa troupe,
Prend la fuite de toutes parts.
On voit s'unir à l'héroïsme
Et la sagesse et la vertu ;
L'infâme machiavélisme
A jamais reste confondu.

O prodige de la nature !
Que nous bénissons nos destins !
La suprême magistrature ;
BONAPARTE est entre tes mains !
Sois notre ami, sois notre père,
Sois à jamais notre soutien.
Quand ta sagesse nous éclaire
Ton amour fait tout notre bien.

Sortant du sommeil létargique,
La Gaule reprend tous ses droits ;

Et d'un gouvernement inique
Abjure les odieuse loix.
Le législateur en silence
Afin de rendre toùt légal,
Travaille, et présente à la France
Un code sage et général.

Partout on voit un nouvel ordre,
Partout les lois sont en vigueur,
Partout, au torrent du désordre,
Succède le parfait bonheur :
Le citoyen trouve justice,
Chez le magistrat éclairé ;
Et le coupable le supplice
Que ses forfaits ont mérité.

Bientôt une nombreuse armée,
Brûlant d'exercer sa valeur ;
A la France régénérée
Rendra sa gloire et sa splendeur :
NAPOLEON, qui la dirige,
A ranimé tous les esprits ;
Il va de nouveau sur l'Adige
Apprendre à vaincre aux ennemis.

Tandis qu'au sein de la patrie,
Tout s'organise avec succès ;
BONAPARTE sur l'Italie
Raisonne ses vastes projets ;
La république Cisalpine
Soumise au pouvoir d'un vainqueur ,
Retrouve enfin dans sa ruine ,
Les secours de son fondateur.

Il brave la neige et la glace,
Gravissant sur le mont-Bernard ,
Et plein d'une héroique audace ,
Il sait affronter le hazard :
Il vient commander en personne ,
Marche à la tête des premiers ;
Il arrive au champs de Bellonne,
Sous ses pas naissent les lauriers.

De Maringo la vaste plaine
Semble présenter un cahos ;
Long-tems la victoire incertaine
Fixe les regards du héros ;
Mais rappellant à son armée
Qu'il couche sur le champ d'honneur,

A l'instant elle est décidée,
NAPOLEON est le vainqueur.

En vain Melas , en Italie,
Espère conserver ses droits ;
Dans les remparts d'Alexandrie
Les Français lèvent le pavois :
Les forts, les châteaux et les villes
Arborent notre pavillon;
Et dans leurs enceintes tranquilles
Tout rend grace à NAPOLEON.

A cette éclatante victoire
L'Europe doit son changement :
BONAPARTE , couvert de gloire ,
Donne la paix au continent.
Il revient, et, de l'Angleterre
Découvrant les plis tortueux ,
Il termine une injuste guerre,
Et met le comble à tous nos vœux.

Il rend le crédit au commerce ,
En se montrant son protecteur ,
Déjà les beaux arts de la Grèce

En France ont repris leur splendeur ;

Il encourage la culture,

Et par des travaux merveilleux ,

Bientôt, chaque manufacture

Va surprendre et charmer les yeux.

Il rétablit de nos encêtres

La sublime religion ;

Il rend à des malheureux prêtres

leurs honorables fonction ;

De la divine providence

Quand il relève les autels ;

Partout on entend dire en France

Vive le plus grand des mortels.

On le voit, nouveau Charlemagne,

affronter les plus grands dangers ,

Et dans une seule campagne ,

Gravissant et monts et rochers ,

Au premier rang placer la France,

D

En être le restaurateur,

De Thémis prenant la balance

Devenir grand législateur.

Il surpasse les plus grands princes

Dans ses admirables travaux ;

Il visite dans les provinces.

Les atteliers, les arsenaux ;

César, Alexandre, Pompée

Dont on vante les noms fameux,

N'ont j'amais à la renommée

Acquis des droits si glorieux.

Bientôt la perfide Angleterre,

Jalouse de ses grands succès,

Croit par une nouvelle guerre

Arrêter ses sages projets ;

Loin de nous ces lâches allarmes,

Nous n'avions rien à redouter ;

Quand NAPOLEON prend les armes,

C'est aux ennemis de trembler.

Mais qui jamais pourra le croire ?

O honte de l'humanité !

On ne trouve pas dans l'histoire

Semblable trait d'iniquité.

Gouvernement anthropophage !

Quand tu redoutes nos guerriers,

Chez nous, pour assouvir ta rage,

Ton sein vomit des meurtriers !

Frémis, infernale puissance !

Frémis de tes complots affreux !

Les Français vont tirer vengeance,

C'est un devoir sacré pour eux.

De la fureur qui les anime

N'espère plus aucun traité ;

Il faut pour expier ton crime.

Que dans ton sang il soit lavé.

La terre que tu déshonore,

Se lasse enfin de te porter,

Et sur toi la timide Aurore
Apréhende de se lever.
Quand par ta fureur aveuglée,
D'un héros tu proscris les jours,
Puisse-tu comme Prométhée
Servir de pature aux vautours.

Sur cette scène ensanglantée,
Baissons un instant le rideau.
Fuyez, fuyez de ma pensée
Infâme et répugnant tableau.
Chanter la vertu, la sagesse
Fait les délices de mon cœur,
Et je sens ma délicatesse
A ce récit frémir d'horreur.

Pour mettre un frein à la rapine
De l'ambitieuse Albion,
Une formidable marine
Soutiendra notre pavillon.

Rien n'échappe à la vigilance
Du héros pacificateur.
Le restaurateur de la France
Assure en tout notre bonheur.

Affermis ce sublime ouvrage ;
Assures à jamais tes succès
En recevant, en apanage,
Le nom d'EMPEREUR des Français.
Régnant sur eux, à juste titre ,
Par tes bienfaits et ta valeur ,
Du monde tu seras l'arbitre,
Tel est l'ordre du Créateur.

Qui, plus que toi, servit la France ?
Qui mieux que toi sait gouverner ?
Qui mieux que toi , pour sa défense ,
Sait tout prévoir et tout braver ?
A NAPOLÉON , notre empire
Doit son triomphe et sa splendeur ;

Nos neveux apprendront à dire :

Ce bien nous vient de l'EMPEREUR.

Que tes décrets , ô providence !

Sont admirables en tous points :

Tu punis et tu récompense,

Tu pourvois à tous nos besoins ;

Des Français, entends la prière,

Exauces leurs plus tendres vœux ;

Prolonges à jamais la carrière

Du héros qui les rend heureux.